Traducción: Araya Goitia Leizaola

Primera edición, 2015

© 2013 La Joie de Lire SA, Genève
© 2014 Ediciones Ekaré

Todos los derechos reservados

Av. Luis Roche, Edif. Banco del Libro, Altamira Sur. Caracas 1060, Venezuela
C/ Sant Agustí, 6, bajos. 08012 Barcelona, España

www.ekare.com

Publicado por primera vez en francés por La Joie de Lire SA, Genève
Título original: *Dada*

ISBN 978-84-943038-4-5
Depósito Legal B.23592.2014

Impreso en China por South China Printing Co. Ltd.

DADÁ

GERMANO ZULLO  **ALBERTINE**

EDICIONES EKARÉ

Rogelio Corcel y Dadá son los campeones mundiales
de salto de obstáculos.
Hacen tan buen equipo que son prácticamente invencibles.
Casi podría decirse que son una misma persona.

El Concurso Internacional de San-Melchor-de-la-Flor
recibe cada año a más de cien mil espectadores.
Rogelio Corcel y Dadá son tan formidables que la gente
viaja desde todas partes del mundo para ver sus piruetas.

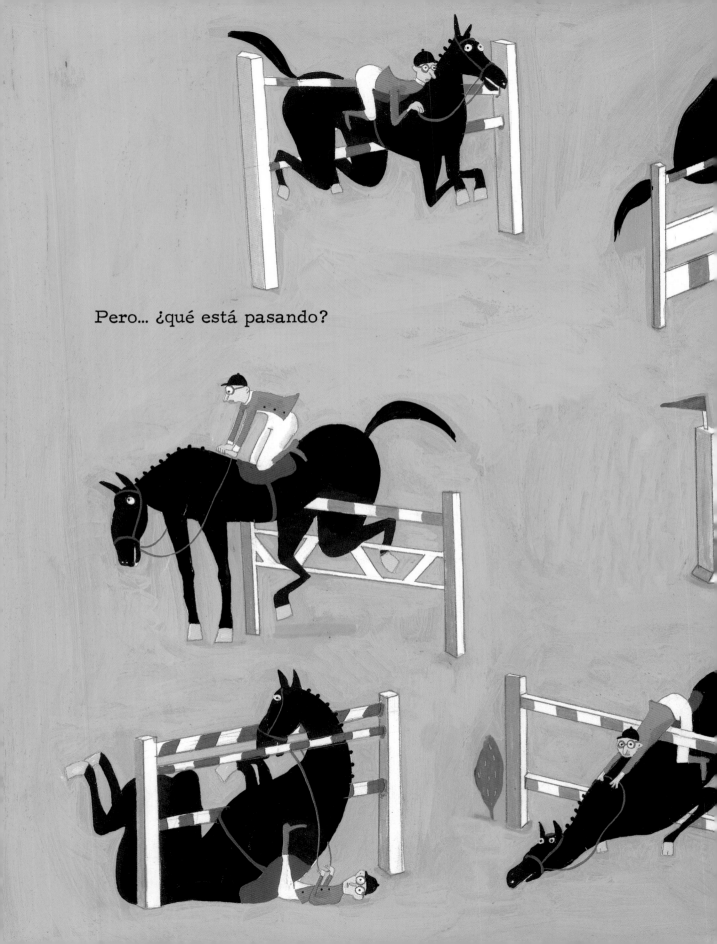

Pero... ¿qué está pasando?

¿Acaso son estos los famosos
Rogelio Corcel y Dadá de los que tanto se habla?

Más bien parecen unos aficionados...

... y, desde luego,
¡unos muy malos!

¡Qué decepción!

Rogelio Corcel está muy preocupado: Dadá parece haber perdido todas sus habilidades. Es necesario descubrir la causa de su fracaso. No les queda más remedio que recurrir a la medicina.

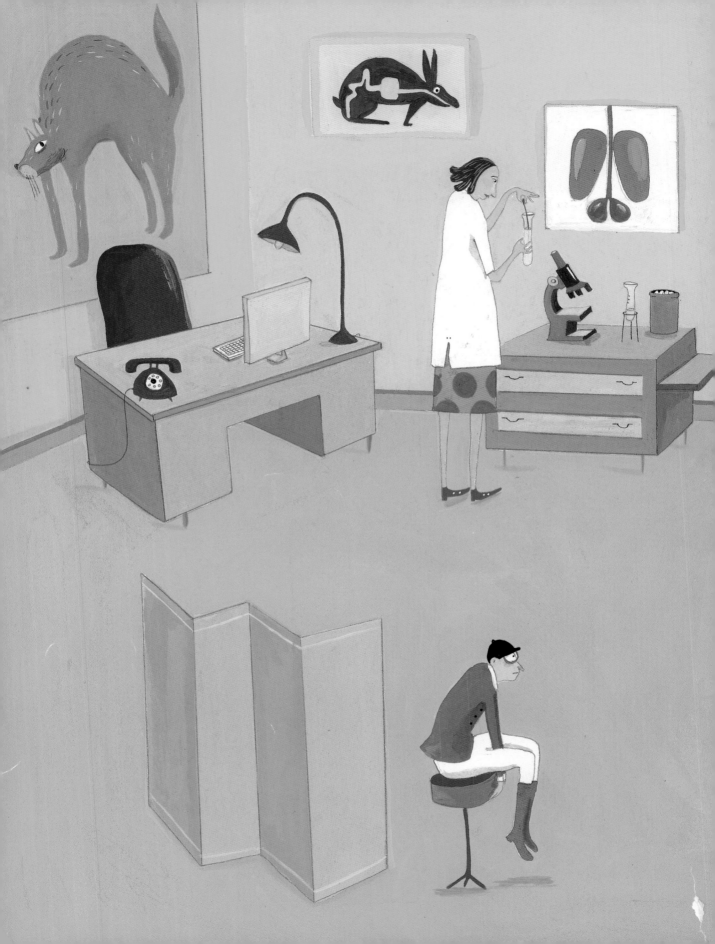

¡Pobre Dadá!

¿Y si tiene algo grave?

Dadá sufre de una pequeña tendinitis en la pata delantera izquierda, una ligerísima contractura muscular en la grupa...

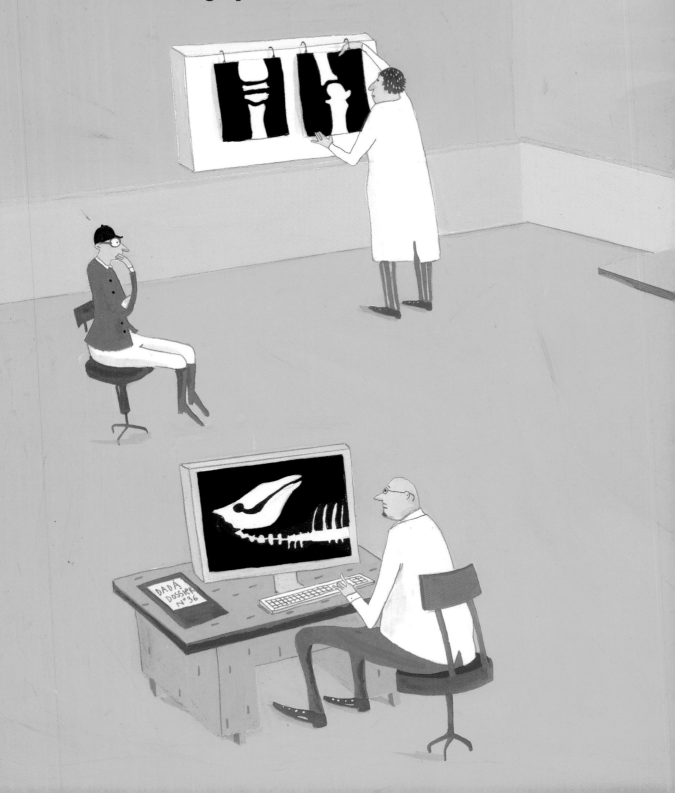

... una contusión en la punta del corvejón trasero derecho,
un episodio de neuralgia en la base del cuello, aerofagia,
una caries incipiente y alergia a los pelos de gato.
Por suerte, no son más que menudencias.
Los médicos solo le recetan vitaminas.

¿Y si Dadá simplemente perdió la confianza en sí mismo?

Después de todo, no es tan fácil ser un gran campeón.

No les queda más remedio que recurrir a la psicología.

Dadá solo está un poco melancólico,
un poco ansioso, un poco nervioso, un poco contrariado y,
sobre todo, agotado.
El psicólogo le ordena varios días de reposo.

En unos quince días,
Dadá recobrará todo su potencial
y lucirá mucho mejor.

El Concurso Internacional Castillo del Río es el más importante del año. Rogelio Corcel le susurra a Dadá sus últimas recomendaciones: «Control de la respiración, flexibilidad en la postura, fluidez en los movimientos, anticipación de los obstáculos y, sobre todo, no olvides que...»

«... ¡nosotros somos los mejores!».

Sin embargo, su recorrido comienza muy mal...

La rutina resulta algo extravagante.

Rogelio Corcel y Dadá inventan
un nuevo estilo, por decir algo,
acrobático...

Y aun así, finalizan la competición con éxito.

Los fanáticos pueden respirar tranquilos.
Sus campeones han vuelto.
Y pensar que algunos creyeron que Rogelio Corcel
y Dadá ya estaban listos para retirarse.

El oculista no sabe si lo que sufre Dadá es miopía,
hipermetropía, astigmatismo o presbicia; pero,
una cosa es segura: Dadá va a necesitar anteojos.
¿Cómo no se les había ocurrido antes?

Rogelio Corcel y Dadá son los campeones mundiales
de salto de obstáculos.
Hacen tan buen equipo que son prácticamente invencibles.
Casi podría decirse que son una misma persona.